edicions
bromera

ELS 4 SHERLOCKS

TÍTOLS PUBLICATS DE LA COL·LECCIÓ

1. *Un robatori molt esportiu.* Jesús Cortés / Oriol Malet
2. *Les espases del faquir.* Jesús Cortés / Oriol Malet

Polígon Industrial I - 46600 Alzira
www.bromera.com
Impressió: Paper Plegat

1a edició: octubre, 2014
3a edició: juny, 2018
ISBN: 978-84-9026-282-5
DL: V-2670-2014

PAPER ECOLÒGIC
TCF LLIURE DE CLOR

FOTOCOPIAR LLIBRES
NO ÉS LEGAL

LLIBRE AMIC DELS BOSCOS
PAPER PROCEDENT DE FONTS RESPONSABLES

Els 4 Sherlocks

Jesús Cortés

Dibuixos d'Oriol Malet

Un robatori molt esportiu

Gomo
Wen
Fran
Mati

Aquests són els quatre Sherlocks

Quatre amics inseparables que comparteixen l'afició per les historietes de detectius. L'art de la deducció no té secrets per a ells gràcies a les ensenyances del seu mestre, l'incomparable detectiu Sherlock Holmes. Delictes, incògnites i misteris inexplicables tenen les hores comptades quan Fran, Gomo, Mati i Wen entren en acció.

FRAN. És astut i pensa amb deteniment. És considerat el membre més tranquil del grup, encara que pot posar-se nerviós si creu que cal. Com els altres, és tot un expert en l'art de caçar pistes ocultes. Però és conscient de les seues limitacions. Raonar se li dóna millor que córrer.
-«Per això no seré mai un atleta.»

MATI. És la més decidida i no suporta les injustícies. Com Fran, també sap que no serà mai una atleta. Però els esports li agraden i sempre aprofita qualsevol ocasió per a posar-se en forma.
-«Però per pura diversió.»

GOMO. És el més corpulent de tots i a vegades no sap mesurar la seua força. Quan s'avorreix es furga el nas. Fran sol dir que busca diamants verds a les seues mines nasals. Però amb un cas entre mans, Gomo no s'avorreix mai.
-«Poseu-me a prova.»

WEN. Té mirada de linx i les pistes tremolen quan els seus ulls passen sobre elles. Li agrada molt jugar, i pensa en Mati com en una germana bessona. El seu cervell funciona com un mecanisme de rellotgeria.
-«Si ens acompanyeu ens divertirem.»

1 Una acció solidària

En l'aula hi havia un bon aldarull mentre esperàvem el professor de ciències. Uns xarraven, d'altres llançaven projectils de paper, i alguns corrien amunt i avall entre fugides i persecucions. Mentrestant, Gomo, Mati, Wen i jo ens contàvem l'última historieta de detectius que havíem llegit.

De sobte, algú va fer un crit d'alarma.

–El director! Que ve el director!

–Ei, Sherlocks, el director!

Els nostres companys ens anomenaven Sherlocks perquè sempre teníem el nas clavat en historietes de detectius. I Sherlock Holmes era el nostre detectiu favorit. Més que això: era el millor detectiu de tota

la història dels detectius, el nostre mestre en l'art de la deducció.

En un tres i no res, tots es van llançar a les seues taules i es van quedar en silenci. El director entrà amb pas majestuós. Ferran, el nostre professor de gimnàstica, el seguia amb somriure diabòlic. I quan el nostre professor de gimnàstica somreia així, alguna cosa estava a punt de passar.

Com si foren safates, el director duia uns cofres a les mans. Tenien la grandària d'una caixa de sabates. Eren de fusta i estaven decorats amb làmines de coure. Quan els va deixar damunt de la taula, tots els miràrem amb expectació.

–Benvolguts alumnes de sisé C del col·legi Ausiàs March, heu sigut triats, junt amb la resta dels vostres companys de curs, per a dur a terme una acció solidària.

Estàvem acabats.

–L'Associació per a l'Estudi de la Síndrome d'Apert, una malaltia rara en els xiquets, intenta augmentar els seus fons d'investigació. Amb aquesta finalitat ens ha sol·licitat la celebració d'un torneig de futbol, junt amb el col·legi Tirant lo Blanc del nostre poble veí.

Els aficionats al futbol de la classe, que ja es veien com a estrelles del torneig, reaccionaren bellugant els punys, quasi histèrics. Gomo, al meu costat, es va posar a buscar diamants verds en les mines del seu nas.

–Farem una campanya publicitària –continuà el director–, i els veïns que vinguen a les semifinals i a la final del torneig, entraran en el sorteig de dos passes anuals gratuïts per al nostre poliesportiu, on se celebrarà l'esdeveniment.

–Fran –em va dir Gomo–, nosaltres no sabem jugar al futbol.

Tot seguit, el director agafà els cofres i els mostrà amb magnificència.

–En aquests cofres –va dir–, lliurarem les recaptacions obtingudes i, ehem!, espere tenir l'honor de ser jo, en representació del nostre col·legi vencedor, qui...

Gomo va alçar una mà. Crec que duia un dels seus diamants en la punta del dit.

–I no podem fer un concurs de redaccions? –preguntà.

El grup d'aficionats començà a protestar amb els punys i tot. No era tan mala idea. Jo fins i tot hauria sigut capaç de ferne una sobre la fàbrica de rajoles abandonada dels afores del poble. De segur que la meua redacció hauria sigut molt constructiva.

La Fàbrica
En la fàbric
misteri estava
cosa que no era

La pregunta de Gomo no va rebre resposta. Però a Ferran quasi li va eixir disparada una cella quan el fulminà amb la mirada. Les parets semblaren tremolar amb el seu...

Davant de nosaltres Mati i Wen feien per no riure, però els seus muscles saltironaven i les delataven.

–El vostre professor us donarà més detalls –va concloure el director arreplegant els cofres, mentre Ferran semblava fregar-se les mans com un ogre famolenc.

Com s'ha dit: estàvem acabats. O més ben dit: morts. Fins ara Gomo i jo havíem sobreviscut a les classes de gimnàstica de miracle. D'un pèl. Saltàvem com les gallines, corríem com els ànecs, i l'únic que aconseguíem amb les nostres flexions era que Ferran diguera que teníem músculs de gelatina. Nosaltres ho intentàvem. Suàvem com esponges. Però, acceptem-ho: Gomo i jo no seríem atletes mai, i molt menys atletes de competició. Perquè els esports ens agradaven. És clar que els esports eren una cosa, i les competicions, una altra. I Ferran semblava ignorar-ho.

Però un torneig! I de futbol! Això suposava joc d'equip, tàctiques, llançaments, regats, tirs a porteria a la recerca del desitjat...

OOOOOOOL!

Noranta minuts corrent per un camp de mines! Ho confesse: fins i tot regatejant un zombi em podia tornar boig amb un baló entre els peus. Ja se sap que els zombis són imprevisibles.

–De segur que ho fareu molt bé –ens va dir Wen a l'eixida de classe.

–No, no ho farem bé –vaig dir jo–. No estem preparats per a fer-ho bé.

–Ni tan sols estem preparats per a fer-ho malament –va afegir Gomo.

Mati intentà llevar-li importància a l'assumpte.

–Tan sols és futbol –digué–. I és per una bona causa. És igual qui guanye.

–Això vés i digues-li-ho al director o a Ferran.

–Si perdem ens faran córrer amb grillons als peus la resta del curs.

Mati i Wen van riure pel comentari de Gomo. No es veien al centre de la diana, aquest centre on un jugador de futbol rep felicitacions i aplaudiments per una jugada magistral, o insults i dards enverinats per una clavada de pota.

Tanmateix, per a Mati i Wen tot va canviar l'endemà, quan descobrírem els *detalls* del torneig que Ferran havia penjat al tauler d'anuncis.

Tot estava perfectament explicat: els dies i les hores d'entrenament; el calendari de partits, els equips i...

...els jugadors. O més ben dit: els jugadors i les jugadores. Perquè els equips podrien ser mixtos si l'entrenador ho trobava oportú. I, igual que Gomo i jo, Mati i Wen tampoc sabien jugar al futbol. Carla i Susanna, en canvi, feien jocs malabars amb el baló. Però nosaltres ens podíem agafar de la maneta. Sense fusta d'atletes i amb Ferran d'entrenador, els quatre podíem donar-nos per...

R.I.P.
WEN
R.I.P.
FRAN
R.I.P.
GOMO
R.I.P.
MATI

2 Carn de banqueta

Armat amb un xiulet i un cronòmetre, Ferran dirigia amb mà de ferro els entrenaments dels quatre equips que representaven l'Ausiàs March.

–En qualsevol competició, la forma física és primordial! –rugia a l'inici de cada sessió de tortura.

Escalfament previ: tres voltes al camp a pas lleuger, estiraments, flexions, més estiraments...

–Per véncer l'adversari cal resistència, força... voluntat!

Jo em conformava a trobar una pala per a cavar la nostra pròpia fossa i acabar tan prompte com fóra possible. La samarreta m'arribava als genolls, i els pantalons quasi als turmells. Quan corria feia l'efecte que m'havia perdut en una carrera de sacs. Gomo, ofegat en suor, sempre amenaçava d'esclatar com una cirera gegant.

Mati i Wen, en cavi, resistien amb una gran dignitat. Corrien, saltaven, s'estiraven... I sempre acabaven bufant, com nosaltres. Però nosaltres bufàvem més. Mooolt més! De la resta del nostre equip, els jugadors més tenaços s'esforçaven una cosa de no dir.

–Podem guanyar! Podem guanyar el torneig! –es deien els uns als altres per a donar-se ànims.

–Ara tocs de baló! Formeu grups de quatre!

Ferran ens observava a tots. Bé, a uns més que a uns altres.

–Bé, Xavi, bé!... Més precisió, Miquel!... Carla, Susanna, les passades més llargues! Vinga, vinga!

Quan ens mirava a nosaltres, quasi sempre acabava preguntant:

–On està Gomo?

O...

–On està Fran?

I la resposta quasi sempre es trobava a uns cinquanta metres de distància, que era, més o menys, on havíem llançat el baló d'una puntada de peu desastrosa.

–Rapidesa, rapidesa! –ordenava l'entrenador–. Les passades han de ser ràpides!

Gomo es passava una bona estona pensant-se amb quina part del peu li pegava a la pilota. Amb la punta? Amb l'empenya? Amb l'interior de la bota? Anava provant mentre la resta esperàvem de braços plegats. Fins que...

–Gomo!!! Què fas?

I del crit, la cama de Gomo s'accionava com un ressort i el baló eixia disparat com una bala de canó. La seua trajectòria era una incògnita. Tots estàvem en perill.

Poc després, noves ordres.

–Separeu-vos!... Més, més! Ara passades llargues! Arran de terra, primer; després, bombades!

–Allà va, Wen! –vaig dir jo en el meu primer intent.

D'una puntada de peu terrorífica vaig llançar per l'aire un bon grapat de gespa mentre el baló eixia a batzegades cap a Mati, que, sense dubtar-ho...

–Gomo!

...va fer un xut amb la cama dreta.

El baló es va elevar en vertical, fins a quasi tocar els núvols, i va caure en picat cap a la posició de Gomo. I rebotà, i rebotà, i rebotà. I Gomo intentà un altre xut. I ziuuu!, i ziuuu!, i ziuuu! Intents: tres. Impactes: zero.

–Així, així! –li va dir Ferran–. Estàs com perquè et llancen una boleta.

–Veritat que sí? –li contestà Gomo sense deixar de fer voltes com una trompa.

Aquesta va ser la nostra millor experiència amb les passades llargues.

Els que ja sabíem que acabarien convertint-se en les estrelles de l'equip també van practicar el llançament a baló parat. La resta vam participar fent de tanca. No m'havia gratat mai tant. Com picaven els colps de baló!

I pum! I blam! I pam!

De sobte, sonava el xiulet.

–La tanca, a la banqueta! La resta, a practicar els llançaments de córner!

Al quart dia d'entrenament ho teníem molt clar.

–Calfant la banqueta no serem mai titulars –vaig dir durant un dels descansos.

–Si volem que el nostre equip guanye –va moure el cap Wen–, serà millor que siga així.

–Vols dir?

–Nosaltres som rates de biblioteca. Mentre devorem historietes, uns altres devoren balons. I ara ens trobem al seu territori.

–I sempre que ixen al camp semblen tornar-se bojos.

–O és que s'ho passen molt bé.

–Això deu ser.

De sobte, mentre xarràvem, s'acostà per les banquetes l'encarregat de manteniment del poliesportiu. Tots l'anomenàvem Pistoles perquè sempre duia un cinturó de ferramenta penjant. Ara semblava enfadat. Molt enfadat. La seua veu sonà enfurida quan ens va dir:

–Qui ha sigut? Què n'heu fet?

Ens vam quedar mirant-nos com a estàtues i sense saber què dir.

–Què hem fet, de qué?

–De la meua caixa de les ferramentes!

Ens miràrem sorpresos. Fins i tot Ferran va interrompre l'entrenament quan va sentir els crits de Pistoles.

–Què passa? –preguntà acudint en la nostra ajuda.

–Fa dos dies va desaparéixer la meua palanca d'acer del taller. Vaig pensar que l'havia perduda. Però ara estic segur que no fou així.

–I per què?

–Perquè ara també ha desaparegut la meua caixa de ferramenta. He anat a dur una escala a la pista de bàsquet i, quan he tornat al taller, la caixa ja no estava.

–Nosaltres no la tenim –li va dir Gomo–, però podem ajudar-lo a buscar-la.

–Ja l'he buscada pertot arreu; pels vestidors, per les pistes, per ací i per allà... I no en sap res ningú. Però algú se l'ha enduta.

En lloc d'enfurit, ara Pistoles semblava abatut. Tant que ens va fer pena.

–La meua ferramenta! –sospirà.

–Acompanyeu-lo –ens demanà Ferran–. Ajudeu-lo a buscar-la.

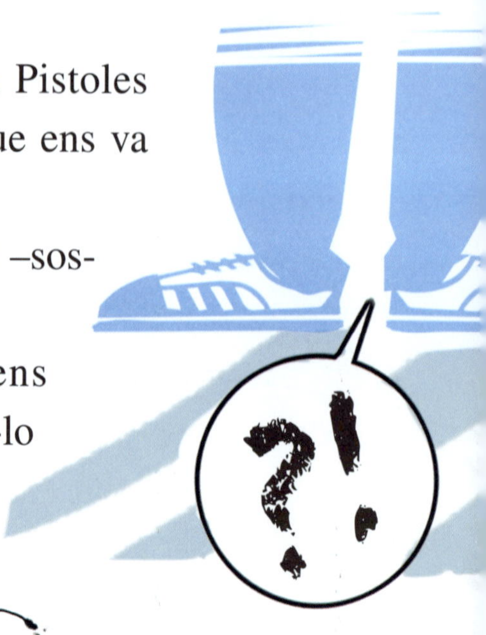

Sense dubtar-ho, vam anar de cap al taller. Pistoles no feia més que negar amb el cap i repetir que allí no estava la caixa. Però nosaltres, amb la nostra fama de detectius aficionats, teníem l'esperança de trobar alguna pista que explicara què havia passat. Encara que, per tot el que havia dit Pistoles, el cas no amagava cap misteri. Allò pudia a un furt clarísssim. Qualsevol detectiu arribaria a la mateixa conclusió, fins i tot abans d'haver posat els peus en el lloc del delicte.

Tanmateix...

Com un tigre, Pistoles es llançà cap al seu banc de treball. La caixa de les ferramentes estava allí.

–Però, no, no estava ací! La caixa no estava ací! Açò no té cap ni peus.

Nerviós, va examinar el seu contingut mentre nosaltres, un poc decebuts, féiem una ullada al taller: finestres obertes, dues lluernes intactes, graneres, rascles, escales de distintes classes... En la caixa tot semblava estar en ordre. Però sols ho semblava.

–Les alicates! –exclamà Pistoles–. No estan!

Gomo sospità d'alguna cosa que es veia mig amagada entre unes caixes amuntegades.

–No deu ser aquesta la palanca que buscava? –va dir després de traure l'objecte a la llum.

–La meua palanca! Però si jo mateix vaig amuntegar aquestes caixes mentre la buscava!

–Doncs, allà entremig estava.

–No, no hi estava! I la caixa de les ferramentes tampoc estava ací.

–Doncs, ara sí.

No hi havia misteri, no hi havia delicte, i no semblava que hi haguera cap cas a resoldre. La nostra oportunitat de fer de detectius s'havia esvaït només que vam entrar per la porta del taller.

–No li pegue més voltes –li va dir Wen a Pistoles–. Tots ens oblidem de les coses.

Pistoles es quedà pensarós, o desconcertat, perquè no feia més que fregar-se la barbeta i gratar-se el cap.

–Això se soluciona amb unes bones vitamines per a la memòria –li va dir Mati.

–Tornem al camp?

–Au!

A pesar de tot alguna cosa no encaixava en aquell assumpte. Pistoles havia assegurat que la caixa de les ferramentes no es trobava on la vam veure. I la palanca d'acer, tampoc. Però tot estava allí. Senzillament no ho havia vist, o no havia sabut veure-ho. I això semblava tenir poc a veure amb problemes de memòria.

Quan arribàrem a les banquetes seguíem pensant que alguna cosa no encaixava en aquell assumpte. El nostre instint de detectius ens ho advertia, encara que semblara que el cas estiguera resolt. Però no ho estava. De fet, acabava de començar.

Prompte anàvem a tenir l'oportunitat de descobrir que el nostre instint de Sherlocks no s'equivocava.

3 A GUANYAR-LOS!

El torneig de futbol era motiu de conversa pertot arreu. L'ambient als carrers era magnífic. Tots els aparadors de les botigues mostraven cartells publicitaris. Veïns, pares i professors ens animaven a tots igual, i fins i tot ens venien a veure entrenar-nos al poliesportiu. Ens agradara o no, formàvem part de tot un esdeveniment, encara que, en el nostre cas, tan sols fóra per a calfar banqueta. No seríem estrelles mai però, així i tot, formar part de tot allò ens agradava.

En els col·legis es van establir per sorteig els partits entre els seus quatre equips, dels quals tan sols un arribaria a la final. En el nostre, Ferran va penjar els resultats en el tauler d'anuncis.

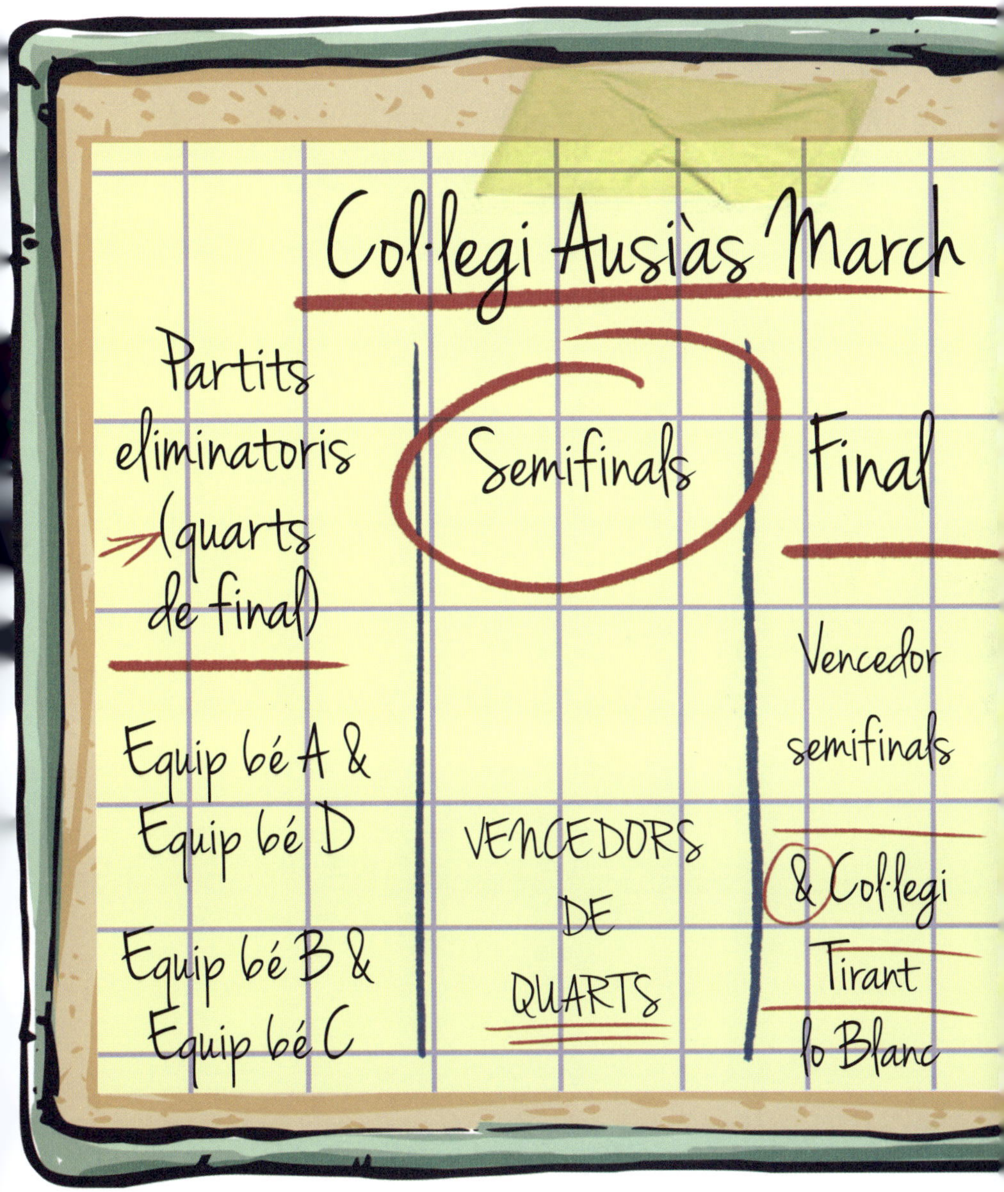

Ferran confeccionà els equips formats per titulars, suplents... i la resta, que érem els que ja sabíem que érem. L'un rere l'altre va nomenar els titulars i els suplents. Els primers ho van celebrar llançant els punys a l'aire i abraçant-se; els suplents també ho celebraren, però sense abraçar-se. La resta ens vam conformar a passar desapercebuts.

I ara, a jugar! Partits d'entrena-ment!
Passades precises!
I joc net!
Vigileu les posicions!
Sí.
Sí.
Molt bé!
Sí, sí.
OK!
Molt bé!
Res de faltes!
NO.
No, no...
Ni de fer la traveta!
Ni d'espentes!
Molt bé...

En aquestes altures del romanç tots estaven a punt d'estirar-se dels cabells, delerosos per posar el baló en joc. Aleshores, Ferran es posava a poc a poc el xiulet als llavis, i per fi sonava el...

PIIIP!!!

...i el baló començava a rodar.

Condemnats a la banqueta ens moríem d'avorriment mentre véiem com els equips anaven amunt i avall. Llançaments, driblatges, tirs a porteria, gols celebrats pels uns i protestats pels altres... Sempre era igual.

–Passa-la, passa-la!

–A mi, a mi!

–Això és falta!

Piiip!!!

–Però si t'has deixat caure!

–Falta, falta!

–Tu, mira que et menjaràs una bota!

Els partits d'entrenament donaren pas als partits eliminatoris, i els de 6é C vam guanyar els de 6é B per 4 gols a 2.

–Campiooons, campiooons, oeee, oeee, oeee! –ho celebraren tots a la fi del partit classificatori.

–Estem en semifinals!

–En semifinals!

Entre diamants i sense moure's de la banqueta, Gomo, com mig endormiscat, em digué:

–Fran, estem en semifinals.

I jo, boig d'alegria i encreuant els braços, vaig contestar:

Una setmana després va arribar el primer dia d'autèntica celebració. Ens jugàvem el pas a la final.

Era dissabte, un dissabte fresc i lluminós, sense núvols al cel que amenaçaren d'aigualir-nos la festa. Els veïns dels dos pobles acudiren en massa al poliesportiu. La cua de gent per a traure l'entrada era llarguíssima. Als vestidors, els nervis estaven a flor de pell. Però allí no féiem res i ningú ens anava a trobar a faltar. De manera que...

–Fem una volta? –va suggerir Mati.

Tanta gent que esperava per a comprar l'entrada ens va despertar la curiositat, i ens apropàrem d'amagatons al taller de manteniment. Per una de les finestres tancades vam veure el nostre director mentre xarrava amb un desconegut. Poc després vam saber que es tractava del representant de l'Associació per a l'Estudi de la Síndrome d'Apert. Tots dos es mostraven molt satisfets per l'èxit del torneig. Pistoles parlava amb ells amb unes ferramentes a les mans. En una taula situada de manera improvisada a la mateixa porta del taller, Marga, una de les empleades, venia entrades i repartia bitllets per al sorteig dels passes gratuïts per a les instal·lacions esportives.

–Guarde's l'entrada per a la semifinal de demà, la del Tirant lo Blanc –repetia sense parar–. I ací té el bitllet per al sorteig... Següent!

–Demà s'hi juga un altre partit? –preguntà Gomo.

Quan Gomo buscava diamants no pensava amb claredat.

–És clar! –li va dir Wen–. Els que guanyen hui i demà jugaran la final.

–Doncs, si ve la mateixa gent a la final, en lloc d'un cofre el director necessitarà un baül.

Davall d'una de les lluernes del sostre del taller, en una tauleta coberta amb unes tovalles roges, vam veure un dels cofres del director. Estava obert, a l'espera de guardar-hi la recaptació.

–Tornem als vestidors.

Vam entrar-hi com si res quan Ferran donava els últims consells a les estrelles de 6é C, i a les de 6é D, que havien guanyat el seu partit de quarts per golejada.

–Però, recordeu –deia–, sou companys. Juguem per una bona causa. Ja sé que tots voleu guanyar aquest partit per a passar a la final. Però tan sols cal que jugueu i busqueu la victòria. Que guanye el millor, perquè el millor s'enfrontarà al millor equip del Tirant lo Blanc. I aquest partit ens donarà la victòria final a TOTS els de l'Ausiàs March.

–Sííí!!! –exclamaren els jugadors.

–I ara, al camp!

I, com una bandada de búfals, ens passaren per sobre cantant:

–A guanyar-los, oeee, a guanyar-los, oeee!

ENTRADA
PARTIT
SEMIFINALS
Preu: 3€

Bitllet
Sorteig
8

4 PIIIP !!!

Una moneda llançada a l'aire va decidir l'elecció del camp, i quan el baló es posà en joc el públic va aplaudir entusiasmat. Els nostres companys desplegaren tot un arsenal d'habilitats dignes dels millors *cracks* del baló. La seua afició pel futbol tenia ara la seua recompensa. I jugaven bé. Molt bé. Tant, que fins i tot nosaltres ens quedàvem bocabadats quan els véiem avançar mentre llançaven el baló, se'l passaven, o hi deixaven la pell en una carrera magnífica.

6é C
6é D

Davant de les banquetes Ferran donava instruccions a crits als uns i als altres. Al costat nostre, els suplents seguien el partit xutant, corrent i saltant sense moure's dels seients.

–Passa-la, passa-la!

–Així, així!

–A banda! Rubén està sol! A banda!

–Però xuta ja!

L'adversari li havia enxampat l'esfèrica a Rodri, i Rodri havia acabat mastegant herba.

–Això és falta, àrbitre!

Rodri s'alçava estirant-se la samarreta.

–M'han agafat! –deia amb gest indignat.

–Ploramiques! –li cridaven des de la banqueta.

Aleshores, arribà el director amb el representant de l'associació. Tenien reservades unes cadires en primera fila.

–Què ens hem perdut? –preguntà el director.

Professors i pares li donaren un miler de respostes, però totes alhora. Segurament no en va entendre cap. Però tots reien. S'ho estaven passant bé.

Mentrestant, el joc es desplaçava pel camp a una velocitat de vertigen. Les oportunitats de gol es mantenien en equilibri constant. Els davanters dels dos equips intentaven trencar les línies defensives de l'adversari, però els llançaments sempre acabaven interceptats, o en mans dels porters que exercien el seu domini sota els pals.

En el minut dèsset, després d'una treta de banda, Carla centrà el baló cap al punt de penal. Carles es va elevar com un àngel exterminador i va fer un colp de cap per clavar el baló en la porteria. El baló buscà l'escaire dret. El porter es va llançar com un tigre. Va aconseguir allunyar la pilota.

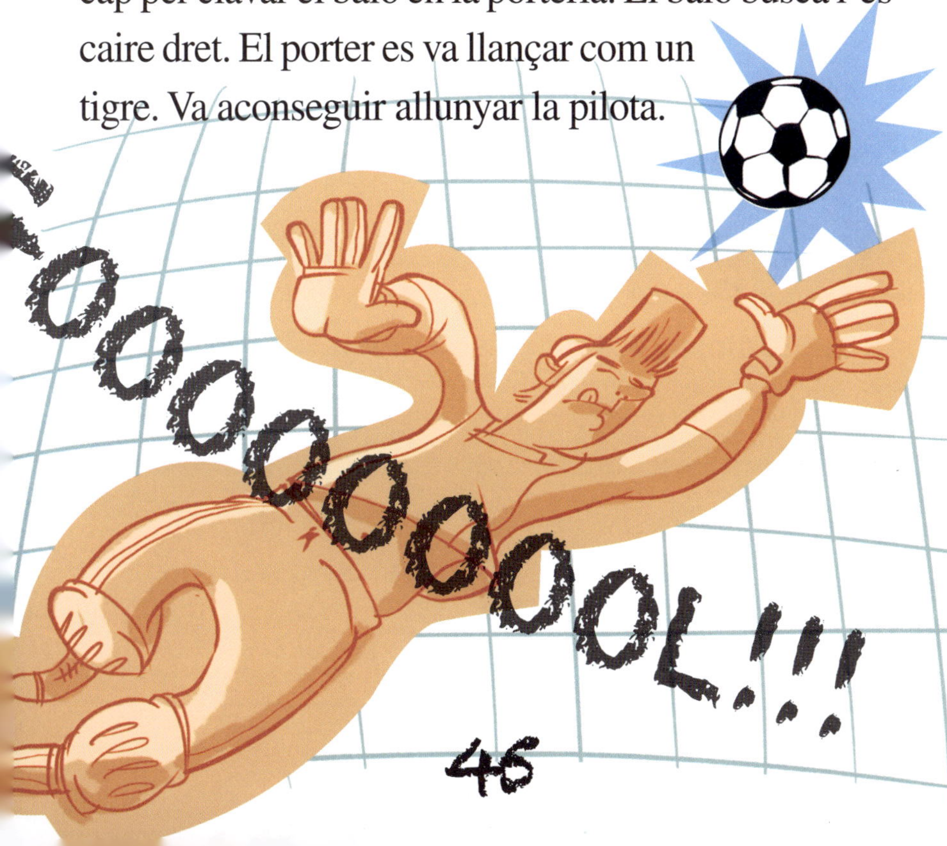

I tot 6é D degué sentir una esgarrifança quan va veure que Rubén rebia el cuir amb els braços oberts, i l'enfonsava d'un tir potent al fons de la xarxa.

GOOOL!!!

El crit es va sentir per tot el camp mentre Rubén rebia les felicitacions dels seus companys. Tant d'entusiasme se'ns va contagiar de tal manera que també nosaltres començàrem a saltar dels seients. I ja no poguérem parar.

Amb el partit représ, l'emoció ens feia protestar per quasi tot.

–Però tu has vist això?

Nerviós, Gomo repetia que sí que sí sense deixar de furgar en les seues mines.

–Penal, penal! –exclamava Wen sempre que algun jugador anava a terra.

–Les faltes a les àrees són penal, Wen –li va dir Mati la primera vegada.

–Ja ho sé, és per fer rebombori. Com fan tots.

Piiip!!!

–Falta! –indicava l'àrbitre, ert com un pal.

–Però si he tocat baló! –protestava l'infractor.

–Faaalta!

–Bah!

Piiip!

–Què!

–Targeta!

–A mi?

–Gest despectiu!

L'infractor s'agafava el cap amb els braços. No li feia mal. Però no es podia creure que fóra víctima d'una injustícia així.

–Àrbitre! –se sentia des del públic–, canvia el xiulet per un espanta-sogres.

–D'on ha eixit aquest àrbitre?

No el coneixia ningú. De l'arbitratge s'havia encarregat el director.

Al descans havíem marcat dos gols més, i els de 6é D tan sols un. Les espases seguien en alt.

Va ser en aquell moment quan passà. El director i el representant havien abandonat les seues cadires i els havíem perdut de vista. Als vestidors es respirava un gran ambient d'eufòria, sobretot entre les estrelles de 6é C.

–Unes jugades molt bones –deia Ferran.

–Però l'àrbitre ens té fregits!

–La targeta que m'ha tret se la pot menjar.

–I per postres, el xiulet.

–Ha, ha, ha!

–Prepareu-vos, sisé D, la segona part serà un infern.

–Remuntarem! Ja ho veureu.

–Això, ja ho veurem, però no amb aquests... ullets.

Aleshores Gustau, mentre mirava per una finestra, va fer el crit d'alarma.

Ei! Hi ha dos policies allí, on venien les entrades!

Entre riallades quasi ningú el va sentir. Però Gomo, Mati, Wen i jo, sí que el sentírem. I també sentírem què va dir a continuació.

–Sembla que ha passat alguna cosa.

I, de sobte, el director va obrir la porta del vestidor. Tenia el rostre desencaixat i li tremolaven les mans, de nerviós que estava. Sens dubte, havia passat alguna cosa.

–El cofre! –exclamà–. Ha desaparegut!

5 El cofre desaparegut

No s'ho explicava ningú. Després de la venda d'entrades, els diners quedaren guardats en el taller de manteniment. La porta, tancada amb pany i clau, no es veia forçada, i les finestres, també tancades, no mostraven tampoc cap vidre trencat. Però quan, durant el descans del partit, el director i el representant tornaren al taller, el cofre havia desaparegut!

–He avisat la policia, però els agents tampoc s'ho expliquen –deia el director mirant-nos desconcertat–. El cofre ha desaparegut com per art d'encanteri!

Als vestidors no se sentia una mosca.

Ni tan sols Ferran sabia què dir. Allò sí que era tot un misteri, tot un repte com els que acostumàvem a llegir en les nostres historietes de detectius.

–Penseu el mateix que jo? –ens preguntà Wen.

Sens dubte aquell taller amagava un bon misteri.

–Què podem fer?

Tots quatre ens vam mirar morts de ganes de clavar el nas en aquell inesperat assumpte. O més ben dit: en aquell inesperat cas. De futbol, no en sabíem molt, però sobre misteris inexplicables havíem llegit un cabàs. I un pardalet ens deia que les ferramentes de Pistoles i el cofre del director devien formar part del mateix embolic.

–Ens deixa fer una ullada? –li vaig preguntar al director.

Els nostres companys ens miraven sorpresos.

–Vosaltres? –va dir el director–. I què sabeu vosaltres de tot açò? Per què voleu fer una ullada?

–Si el cofre amb els diners ha desaparegut durant el partit no pot estar molt lluny. Cada segon és important.

–Encara podríem recuperar-lo.

El director es va mostrar incrèdul.

–Però si no hi ha explicació possible! La porta, les finestres... Tot estava tancat! No ha pogut entrar ningú.

–Fa uns dies també passà alguna cosa estranya amb la caixa de les ferramentes de l'encarregat de manteniment.

–És veritat –afirmà Ferran–. Però estava en el taller. Això vau dir, no?

–Sí, però l'encarregat no s'ho explicava.

–I jo tampoc m'explique com ha pogut desaparéixer el cofre! –exclamà el director.

En tot açò hi ha ...

–Però què podem fer ara? –El director ens mirava als quatre eixugant-se la suor del front amb un mocador.

–Si ens deixara investigar en el taller...

–I el partit?

–De segur que Ferran no té cap intenció de traure'ns a jugar en el segon temps, veritat?

Era lògic: el director volia que el nostre col·legi guanyara el torneig.

–Els diners... perduts! –somicà el director–. La gent se sentirà estafada.

–No, no ho farà si descobrim el misteri.

–Però, com?

–Tenim el seu permís, sí o no?

El director, sense saber què dir, afirmà amb el cap.

Ens posàrem en acció.

A punt d'eixir per la porta, Wen els va dir als jugadors:

–El públic ha vingut a passar-ho bé. Encarregueu-vos vosaltres. De la resta, ens ocuparem nosaltres.

Tots respongueren alçant els punys.

En el taller de manteniment els policies parlaven amb Pistoles i amb el representant de l'associació. La nostra presència obligà el director a donar algunes explicacions que tots acceptaren. Pel que es veia, qualsevol ajuda era benvinguda.

–Què em dieu ara? –ens digué Pistoles–. Ara és el director del vostre col·legi qui té problemes de memòria? També li aneu a receptar unes vitamines?

–Quan va dir que la seua caixa de les ferramentes havia desaparegut, vam pensar que s'havia despistat.

–Que no s'ha despistat mai, vosté?

–És clar, però no era el cas. En aquest taller passa alguna cosa, i si no ho voleu creure pitjor per a vosaltres.

–Té raó, té raó.

–I descobrirem de què es tracta.

Quan enfilàvem la porta del taller sentírem que el director li xiuxiuejava a un dels policies:

–Són quatre dels nostres millors alumnes... Els agraden les historietes de detectius... Els seus companys els anomenen «els Sherlocks».

El policia ens mirava sorprés. Bé, tots ens miraven així. Tret de Pistoles, que semblava irritat i a punt de desenfundar el martell per a cosir a martellades tots els bandolers que li eixiren al pas.

–Vegem –vaig dir entrant al taller–: quatre finestres tancades, dues lluernes...

Vaig examinar el pany de la porta.

–Porta metàl·lica... Efectivament, com ha dit el director, no sembla forçada.

Tot estava igual com ho recordàvem. La taula i la cadira que s'havien fet servir per a vendre les entrades es trobaven en un racó, al costat de la porta. Però la taula amb les tovalles róges, on estava el cofre que havíem vist abans del partit, seguia al mateix lloc. És clar que, ara, no hi havia cofre.

–Qui sabia que ací s'anava a guardar un cofre amb diners? –preguntà Mati.

Vam pensar possibles respostes.

–Nosaltres –vaig dir.

–I Pistoles i Marga, que ha venut les entrades.

–I Ferran i el director.

–I el representant de l'associació.

–I tot el col·legi, i segurament tot el poble.

Aleshores, Mati arrufà una cella. Alguna cosa li havia passat pel cap. Sense dir res va eixir a buscar el director.

–D'on va traure els cofres que ens mostrà? –li va preguntar.

–Els vaig comprar al basar del poble –contestà el director.

–I el cofre que ha desaparegut era un, no?

–Naturalment.

Sense perdre temps, i amb el pare de Wen com a guardaespatles, vam eixir rabent cap al basar en el cotxe patrulla. El botiguer ens va facilitar la primera de les pistes que ens ajudarien a resoldre el cas.

–Sí –ens va dir–, el director del col·legi ens parlà d'allò del torneig. Tots els clients el sentiren i els convidà a participar. Fins i tot ens va dir on podríem comprar les entrades. Després, es va endur dos cofres com aquests que tinc ací.

Es va gratar el cap pelat i lluent com si fera memòria.

–Un parell de xavals també estigueren mirant-los mentre atenia el director. Ho recorde perquè van passar una bona estona per ací dins. Però al capdavall no compraren res.

–I qui eren?

–No ho sé. No els havia vist mai per ací.

Ens vam mirar sense dir-nos res, però els quatre pensàvem el mateix: un parell de xavals que el botiguer no havia vist mai per allí? O, per dir-ho d'una altra manera, un parell de xavals que havien sentit el director parlant del torneig i de diners comptants?

No podíem perdre temps.

Amb el permís del botigüer i dels agents que ens acompanyaven, vam agafar quatre lupes i tornàrem al poliesportiu. El temps s'esgotava. La segona part del partit havia començat feia vint minuts. Quan hi vam arribar, el marcador seguia amb el 3-1. Alguns professors, alertats per la desaparició dels diners, s'havien reunit amb el director a la porta del taller.

–Què heu descobert?

–Que la resolució del cas deu trobar-se ací dins, en el taller –contestàrem.

Armats amb les lupes, ens repartírem la faena.

Amb l'ajuda de Pistoles, Wen pujà amb una escala al sostre del taller. Després d'una acurada inspecció, informà:

–Negatiu: lluernes intactes. Per ací no ha entrat ningú.

Mati s'ocupà de les finestres. Eren de fulles corredisses.

–Sempre estan tancades? –preguntà.

–No –contestà Pistoles–. Sempre estan obertes. Les tanque quan me'n vaig. Però hui el director em demanà que no les obrira, per allò dels diners que es quedaven ací.

Mati va examinar les finestres amb cura, mentre Gomo inspeccionava el sòl per fora i jo ho feia per dins.

–Ui! –es va sentir al camp de joc.

–Pols roja sols al marc de baix d'aquesta finestra! –informà Mati.

Gomo va traure el nas per l'altre costat de la mateixa finestra.

–He descobert alguna cosa ací fora!... Sí, son petjades, petjades roges! Quasi no s'hi veuen –va dir.

–De quants sospitosos?

–Sembla que de dos.

De genolls i armat amb la lupa jo també vaig fer un descobriment idèntic.

–Ací també! Petjades! Però sols d'un –vaig informar.

–L'altre lladregot degué quedar-se fora –va deduir Wen.

Eren petjades a penes visibles que havien deixat un lleuger rastre de pols roja entre la taula on havia estat el cofre i la finestra que havia examinat Mati.

De sobte se sentí...

GOOOOL!!!

Algú acabava de marcar. El públic aplaudia.

–Veniu a veure açò –ens cridà Wen, mentre examinava la mateixa finestra en la qual Mati havia descobert pols roja.

Al forat del pestell hi havia restes insignificants d'alguna cosa apegalosa. Eren restes d'un color rosat que es veia brut. Les vam traure amb un tornavís.

Gomo no tardà a identificar-les.

–És xiclet de fresa.

Tot encaixava. Les pistes eren tan clares que els quatre vam arribar a la mateixa conclusió.

Quan vam eixir del taller tots ens esperaven amb les orelles tan obertes que semblaven elefants.

–I bé?

–El cofre no ha desaparegut per art d'encanteri –va dir Gomo.

–Hem sigut víctimes d'un robatori.

–D'un robatori? –se'n sorprengué el director.

–Això mateix, d'un robatori. Uns lladregots han pispat els diners.

–Però no es preocupen –va afegir Wen.

6 LES PISTES

Com deia Sherlock Holmes...

El director parla del torneig benèfic al basar del poble.

Dos lladregots el senten, el veuen comprar els cofres, i pensen a robar la recaptació.

Després, vigilen el poliesportiu, barrejats entre la gent. Sobretot vigilen el taller de manteniment, i abans de cometre el delicte s'emporten una palanca d'acer que aparegué uns dies després. Després de fer-la servir, no sabem amb quina finalitat, la degueren tornar perquè ningú sospitara que se l'havien enduta.

Tot indica que fou aleshores quan s'interessaren per la caixa de les ferramentes de l'encarregat.

Apostaríem que buscaven alguna cosa en concret. Potser les alicates que l'encarregat trobà a faltar.

–I que no he trobat –va dir Pistoles.

Fran: S'emportaren la caixa, furonejaren dins, i la retornaren, potser pensant que ningú s'adonaria que faltava res.

–Doncs, faltaven les meues alicates! –va insistir Pistoles.

Gomo: Tot açò explicaria el misteri de la palanca d'acer i de la caixa de les ferramentes.

–Però com s'han endut els diners? –es va impacientar el director.

Fran: Els lladregots han inutilitzat una de les finestres del taller, per on han entrat, omplint el pestell amb xiclet.

Wen: El xiclet impedia que el pestell de la finestra es tancara.

Gomo: I mentre hui es jugava el partit, se les han apanyat per a entrar d'amagatons on estava el cofre dels diners.

Wen: En anar-se'n han tret el xiclet, han tancat la finestra i... bon viatge!

IUIUIU

–Un colp quasi perfecte –vaig dir jo.

–Sí, de tanoques –va afegir Mati.

–I on poden haver anat? –preguntà un dels policies.

–A l'antiga fàbrica de rajoles.

–I com ho podeu saber?

–Perquè és l'únic lloc del poble on el terra està cobert de pols roja.

–Tan roja com les petjades que han deixat els lladregots al seu pas.

–Vinguen i les veuran.

Després de comprovar-ho, els agents es llançaren al cotxe patrulla i van eixir disparats, mentre un d'ells demanava reforços per ràdio.

Quasi podíem imaginar-ho: la fàbrica envoltada de cotxes de la policia, agents entrant a l'assalt, els lladregots intentant fugir...

MANS ENLAIRE!!!
ALTO!!!

–Déu vulga que arriben a temps! –exclamà el director posant-se una mà al front.

Arribaren o no, el casa estava resolt. O quasi.

–Tornem al partit?

Al banquet tots ens reberen amb una gran expectació, i vam haver de donar detalls de la nostra investigació.

–Però i els diners? –preguntà Ferran.

–La policia ha anat a recuperar-los. És qüestió de temps.

La notícia arribà fins al terreny de joc, i els jugadors ho celebraren fent salts d'alegria. El públic no tardà a ser conscient del que havia passat, i els comentaris d'indignació i de sorpresa se sentien pertot arreu.

És veritat això del robatori?
Això sembla.
I qui ha sigut?
Una parella de lladregots.
Diuen que quatre dels nostres alumnes els han descobert.
I com?

Agustí, de 6é D, havia marcat el gol que sentírem enmig de la investigació. Però el resultat ja no es va moure. A la fi del partit, el 3-2 a favor de 6é C ens donava el pas a la final. Tots ho vam celebrar entre els aplaudiments del públic. I encara no havíem abandonat el terreny de joc quan hi arribaren dos cotxes de la policia. Per a la nostra satisfacció, comprovàrem que les nostres deduccions en el cas que acabàvem d'investigar havien donat els seus resultats. En un dels cotxes patrulla, els policies duien custodiats els nostres dos lladregots.

Un dels agents s'acostà amb el cofre robat. Quan el va obrir, el director de poc no es desmaia.

–Els diners! Gràcies a Déu!

–Han confessat?

–Sí, però no calia. Tenien el cofre i uns altres objectes robats. Entre ells...

L'agent furgà en una motxilla vella i bruta.

–Les meues alicates! –exclamà Pistoles fent salts d'alegria.

–Havien fet de la fàbrica de rajoles el seu amagatall –explicà l'agent–. Amb la palanca d'acer forçaren algunes portes, i amb les alicates tallaren unes teles metàl·liques.

–El botiguer del basar també es posarà molt content –va dir l'altre policia–. De segur que algunes coses que hem trobat són seues.

Mentre tornàvem als vestidors, Wen va dir:

–Ens han anomenat «Sherlocks».

–Sí –va afegir Mati–. Com ho fan els nostres companys.

–I sonava bé.

Tot seguit, Gomo preguntà:

–A les presons hi ha cel·les especials per a lladregots de fira?

–És clar! –contestà Wen–, per a lladregots de fira, i refinats, i professionals... Totes són especials.

–Molt especials –va dir Mati–, especialment construïdes per a ells.

–I amb rajoles –vaig dir jo.

7 UNA GRAN DIVERSIÓ

–Hola, Sherlocks!

–Com va això, Sherlocks?

–Què passa, Sherlocks?

Tots ens anomenaven així; pels corredors, pel pati, pels carrers... Fins i tot a casa!

Ens sentíem com uns herois, i la nostra heroïcitat anava a tenir la seua recompensa.

–Jugareu la final contra el Tirant lo Blanc –ens anuncià Ferran amb un somriure d'orella a orella.

–Però, perdrem! –Els cabells se'ns posaren de punta.

Cabells de punta.

–El director volia que guanyara el nostre col·legi. Però li he fet entendre que mereixíeu jugar. I ho ha entés. Tots ho han fet.

–Però perdrem!

–Això és igual. Ho passarem bé. Tan sols és un joc. La victòria no és important.

–Però perdrem! Nosaltres no sabem jugar bé.

–Farem un ridícul de l'alçada d'un campanar.

–Els nostres companys ens miraran de mal ull.

–Ben al contrari: us faran costat. Eixiran a jugar i a divertir-se. I vosaltres fareu el mateix.

–I com es fa això?

–Què?

–Jugar i divertir-se.

Ferran va somriure.

–Aquesta és l'ànima de l'esport –contestà–. Jugar, divertir-se, i superar-se per a jugar cada dia un poc millor, i divertir-se un poc més. I, a més, és sa.

No teníem elecció. Sense voler-ho ens havien convertit en les estrelles del torneig.

–A guanyar-los, Sherlocks! –ens deien pertot arreu.

Fou aleshores quan ens vam veure obligats a posar més ganes i interés en els entrenaments. Però prompte, per a la nostra sorpresa, l'obligació es va convertir en una autèntica diversió. Els nostres *cracks* ens ensenyaven a fer tocs de baló, a fer llançaments, a córrer amb el baló entre els peus...

Aplaudien els nostres progressos... i tots réiem amb les espifiades.

Cada toc, cada jugada, cada llançament, suposava un repte que ens omplia d'orgull quan el superàvem, i ens exigia tornar a intentar-ho quan fracasàvem. No ens havíem divertit mai tant jugant al futbol. Gomo aprengué a caçar balons en l'aire. Al principi, els llançava als núvols, però a poc a poc els avions deixaren de trobar-se amb balons llançats a l'espai. Mati i Wen entengueren perfectament l'art de regatejar l'adversari. Passant-los el baló entre les cames eren fantàstiques. I jo vaig deixar de llançar puntades de peu i grapats de gespa per l'aire.

Encara hi havia molt a aprendre i moltes samarretes a suar, però tot allò començà a agradar-nos de veritat. Ens divertíem com no ho havíem fet mai en un terreny de joc.

El dia de la final contra el col·legi Tirant lo Blanc va assistir molta gent al partit. La recaptació fou excel·lent.

–Ei, mireu-los, són aquells! Els quatre Sherlocks! –ens assenyalaven quan vam eixir al camp.

Els dos equips ens posàrem en formació enmig, i el nostre director, junt amb el director del Tirant lo Blanc, lliuraren el cofre amb la recaptació de la final al representant de l'Associació per a l'Estudi de la Síndrome d'Apert. Va ser un acte senzill i breu, però el públic va aplaudir moltíssim.

–Fran, que anem a jugar la final –em va dir Gomo mentre el representant agraïa al públic la seua assistència.

–Digues millor que anem a jugar... i a divertir-nos.

Després de l'acte, ocupàrem les posicions al camp. Aleshores, el públic començà a desplegar pancartes pertot arreu.

AMUNT EL COL·LEGI TIRANT LO BLANC!

AMUNT ELS 4 SHERLOCKS!

AMUNT EL COL·LEGI AUSIÀS MARCH!

Què més podíem demanar?

Tot seguit sonà el xiulet.

PIIIP!!!

Començava el partit. I la diversió.

EL FUTBOL

El futbol és un esport que es practica amb baló entre dos equips d'onze jugadors (deu futbolistes i un porter). El joc consisteix en el desplaçament del baló, sobretot amb els peus, per tal d'introduir-lo en la porteria contrària, acció que s'anomena *gol*.

El baló deu ser esfèric, de cuir o d'un altre material. En un partit de futbol, l'equip amb la possessió del baló deu efectuar els seus atacs cap a la porteria contrària buscant el gol, mentre l'equip rival intenta recuperar l'esfèrica per a iniciar les seues pròpies jugades d'atac.

L'equip que més gols haja marcat al final del partit és el guanyador; si cap dels equips marca, o marquen la mateixa quantitat de gols, aleshores es declara un empat.

Una de les regles principals del joc és que els jugadors, amb l'excepció dels porters, no poden tocar el baló amb els braços o les mans, i aquestes només es poden fer servir en les tretes de banda.

EL CAMP DE JOC

Els camps de joc oficials són rectangulars, i estan coberts de gespa natural o artificial. Els seus límits estan marcats per:

-Les línies laterals o de banda: són les línies situades al llarg del camp. Els seus punts mitjans estan units per l'anomenada línia mitjana, al centre de la qual se situa el punt de treta.

-Les línies de porteria o finals: són les que recorren la part ampla del camp pels seus extrems. Enmig de cada línia estan les porteries, formades per dos pals i un travesser. Davant de cada porteria es troba l'àrea del porter, i l'àrea de castic amb el punt de penal marcat a 11 metres de la porteria.

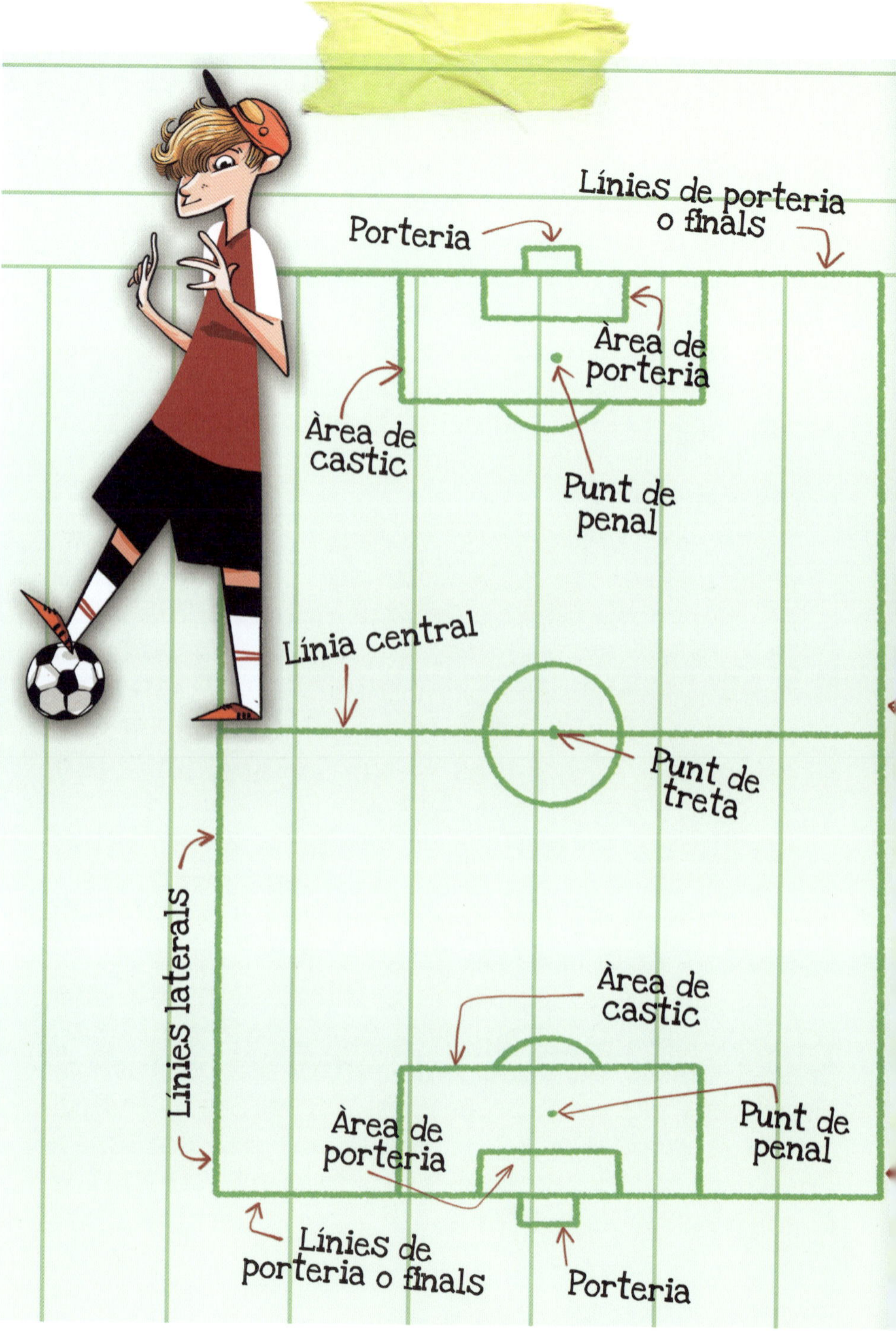
Línies de porteria o finals
Porteria
Àrea de porteria
Àrea de castic
Punt de penal
Línia central
Punt de treta
Línies laterals
Àrea de castic
Àrea de porteria
Punt de penal
Línies de porteria o finals
Porteria

LA POSICIÓ TÀCTICA DELS JUGADORS

1. LA PORTERIA

La porteria marca la posició del porter per a evitar que el baló travesse la línia de gol. El porter és l'únic jugador que pot tocar el baló amb les mans al llarg del joc, encara que solament dins de la seua pròpia àrea. Cas de fer-ho fora, la infracció es regeix per les mateixes regles que deuen complir la resta de jugadors.

2. LA LÍNIA DE DEFENSA

La línia de defensa està formada pels jugadors situats entre el porter i els jugadors que ocupen el centre del camp. La funció dels defensors és aturar els atacs de l'equip rival. En cas d'haver-hi un sol jugador en posició de defensa, se l'anomena *lliure*. Dos o més reben el nom de defenses o defensors.

3. EL CENTRE DEL CAMP

Els jugadors que ocupen la línia de mig camp tenen entre les seues funcions:

- La recuperació de balons.
- La creació de jugades.
- El desenvolupament del joc ofensiu.

4. LA LÍNIA DAVANTERA

Els davanters o atacants se situen en la posició d'atac, la més propera a la porteria de l'adversari, i són els responsables de marcar els gols. Les funcions de marcatge de l'adversari els obliguen a desmarcar-se de manera constant per a facilitar la passada del baló dels seus companys, i poder efectuar el llançament a porteria. En aquest sentit, la velocitat dels davanters és essencial, ja que gràcies a aquesta poden trencar la línia defensiva de l'adversari més fàcilment.

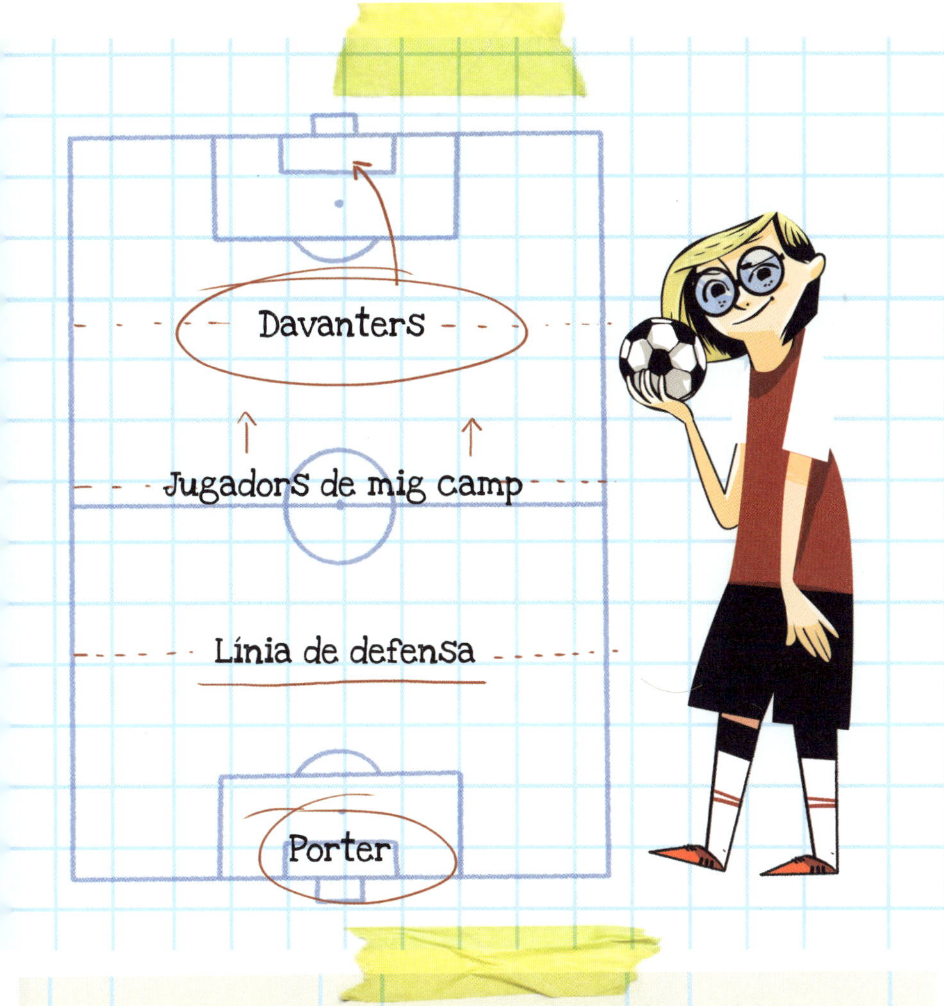

LES TÈCNIQUES PRINCIPALS

1. LA RECEPCIÓ

El control del baló és fonamental a l'hora d'elaborar jugades efectives. Aquest control obliga el jugador a prendre decisions ràpides, segons com arriba el baló a la seua posició. El control o recepció es pot fer amb el peu, la cuixa, el pit o el cap.

Hi ha distintes classes de recepció:

-D'aturada: quan es controla el baló completament amb els peus i s'anul·la la seua velocitat.

-De semiaturada: quan s'anul·la parcialment la velocitat del baló.

-D'amortiment: quan es tracta de controlar balons aeris amb trajectòria descendent.

2. EL REGATEIG

El regateig o driblatge és un moviment que es du a terme amb canvis de ritme i velocitat, per tal d'evitar que l'adversari robe el baló. Es pot fer amb accions d'engany o amb girs inesperats, sense perdre mai el domini del baló.

3. L'ENTRADA

És l'acció que fa un defensor sobre l'adversari per tal de robar-li el baló. Es pot dur a terme de front, per un costat o per darrere.

4. LA PASSADA DEL BALÓ

La possessió del baló es manté amb passades entre els jugadors. Les passades han de ser precises i ràpides per a evitar que l'adversari robe el baló. A diferència de les passades curtes, les passades llargues exigeixen més habilitat i més control de la distància i la potència. La passada que crea ocasions de gol s'anomena *assistència*.

5. EL LLANÇAMENT A PORTERIA

El llançament a porteria depén de la precisió i la potència del tir. Però trobar el punt d'equilibri entre les dues necessitats depén de la posició i la tècnica del jugador, ja que precisió i potència tenen tendència a restar-se efectivitat. És a dir, com més precisió menys potència, i a la inversa.

LES INFRACCIONS DE LES REGLES DEL JOC

L'àrbitre i els seus ajudants són els encarregats d'aplicar les regles del joc. L'incompliment d'aquestes regles pels jugadors es pot sancionar amb:

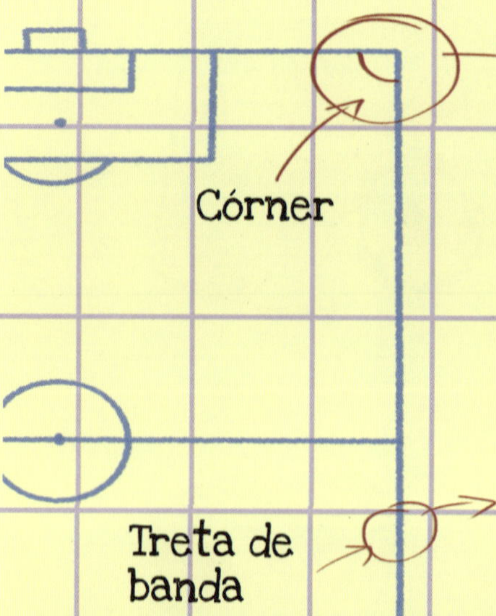

quan el baló abandona el terreny de joc per la línia de porteria després de ser tocat per un jugador defensor.

quan un jugador desplaça o llança el baló fora del terreny de joc per una línia de banda.

Llançament lliure: per fer caure de manera intencionada l'adversari en la lluita pel baló, o per tocar el baló amb mans o braços (faltes).

Targeta groga: per falta perillosa o conducta antiesportiva.

Targeta roja: per acumulació de dues targetes grogues, amonestació que suposa l'expulsió del jugador.

Penal: per falta comesa sobre l'atacant dins de l'àrea de càstic de l'adversari. El penal és un llançament sense tanca que es du a terme des del punt situat a l'àrea de càstic, amb l'única oposició del porter.

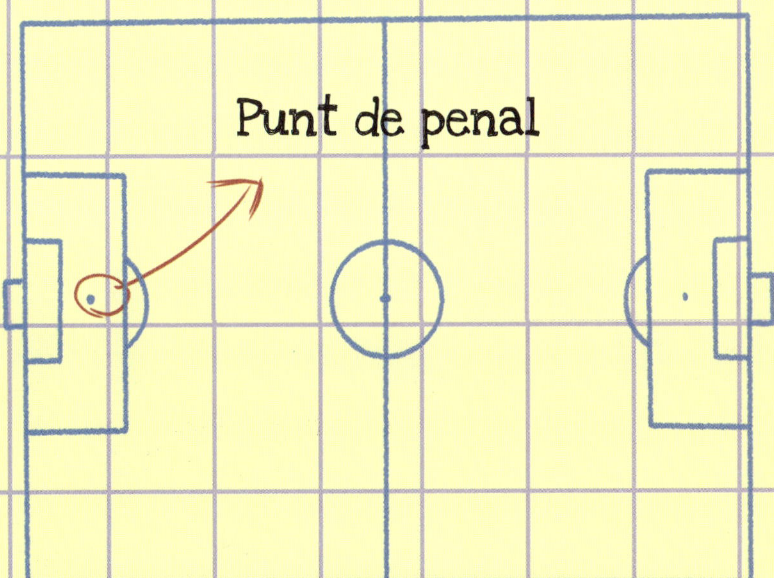

LA FIFA

La Federació Internacional de Futbol Associació (FIFA) és l'organisme rector de les federacions de futbol professional de tot el món. La competició internacional de futbol més important és la Copa Mundial que es disputa cada quatre anys.

Així mateix, la FIFA promou una campanya coneguda com Fair Play o Joc Net, que convida els seus participants a mostrar els valors d'aquest esport, deixant de banda qualsevol tipus de violència.

ÍNDEX